SALONS POLITIQUES

GRAND MONDE

ET

SALONS POLITIQUES

DE PARIS

APRÈS LA TERREUR

Fragments précédés d'une Étude sur la Société
avant 1789

PAR

LOUIS LACOUR

ÉDITION ORIGINALE

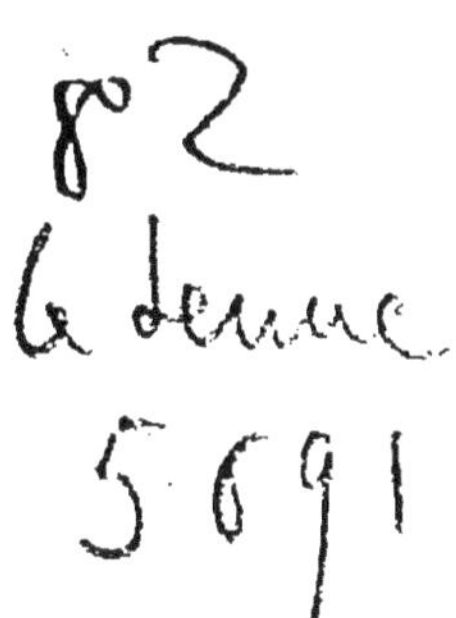

PARIS

CHEZ LES ÉDITEURS

A. CLAUDIN, 12, rue d'Anjou-Dauphine
E. MEUGNOT. 7. quai Conti

M D CCC LX

A

MADAME ROCQUAIN

Née Rosalie de Bellegarde

PRÉFACE

Depuis bientôt trois siècles le développement de la vie intérieure de Paris a lieu dans les salons, et n'a lieu que là. Tenter d'écrire leur histoire complète serait donc une entreprise des plus téméraires. Ce serait s'engager presque à raconter la naissance et les progrès de la civilisation ; à suivre dans les phases de leur croissance les germes de ses caprices, de ses idées, de ses doctrines et de ses lois. Philosophique autant que littéraire, une *pareille œuvre devrait réunir tous les genres d'attraits, faire descendre le lecteur des hauteurs de la spéculation métaphysique sur le vulgaire terrain de l'anecdote, rendre enfin, sous le prestige du style, une éphémère existence à tant de centres fameux qu'animèrent tout ce que la jeunesse, la beauté, l'esprit, le goût, le luxe et les richesses peuvent jeter de vives lueurs.*

Cette tâche n'est pas la nôtre, et nos vœux ne s'adressent pas aussi haut. L'histoire des révolutions intimes du grand monde parisien nous a toujours tenu éveillé. Il appartient à d'autres d'en faire l'objet de leurs récits; notre travail s'est borné à prendre des notes, à consigner des observations. Nous donnerons sans doute quelque jour, à l'égard d'une époque, la somme de nos réflexions et de nos études; mais l'ouvrage est loin d'être achevé. C'est par une circonstance pour ainsi dire indépendante de notre volonté que ces fragments ont été détachés, épars, de nos cahiers. Ainsi vont-ils braver des clartés qu'ils ne sollicitaient pas et une critique qu'ils ont lieu de redouter. On leur reprochera leur brusque entrée en matière, leur manque de suite, leur conclusion qui n'en est pas une, et l'on aura raison. Nous les avons relus, ces feuillets que le vent avait enlevés et que la presse va fixer. Tout ce que nous avons pu trouver pour les justifier a été le titre même qu'ils portent. Le lecteur voudra donc bien se tromper s'il cherche autre chose que ce qu'on lui annonce : d'abord un fragment sur l'esprit général des salons du grand monde avant la Révolution, fragment qui ne se relie que de très loin à la matière principale de l'opuscule. Celle-ci présente dans tout son abandon et toute sa gaieté la société fantastique et folle éclose au lendemain de Thermidor, et qui ne vécut guère plus que le siècle à son déclin. Jamais les salons politiques et financiers, aujourd'hui si gourmés, si composés, si secs, n'offrirent plus de charme, plus d'imprévu, plus de laisser-aller. Nous les avons décrits avec fidélité d'après les plus exacts souvenirs et les meilleures sources. En ce sens, le tableau est complet ; il ne le serait pas davantage si le monde de la littérature et des arts se trouvait exposé à côté des précédents. Tel est, en quelques mots, le sujet de ces pages qui, à défaut d'autre intérêt, offrent au moins celui de la vérité.

GRAND MONDE

ET

SALONS POLITIQUES

DE PARIS

———

COUP-D'OEIL RÉTROSPECTIF

———

LES SALONS AVANT 1789

> « Ils ont passé sur cette terre,
> ils ont descendu le fleuve du Temps :
> on entendit leurs voix sur ses bords,
> et puis l'on n'entendit plus rien. Où
> sont-ils? Qui nous le dira? »
>
> LAMENNAIS.

I

Il y a, au XVIIIᵉ siècle, deux sociétés que
l'on confond trop souvent : l'une frivole,
égoïste, matérialiste, de mauvaises mœurs,
sans but, sans esprit, empruntant aux idées
du jour ce qu'elles ont pour favoriser ses vices ; l'autre ardente, sincère, désintéressée ;
toutes deux embrassant, il est vrai, les mêmes doctrines, doutant et démolissant ; mais
celle-ci dans l'intérêt de tous, celle-là dans
son intérêt particulier, dans l'intérêt de sa
cave et de son écurie.

Peu de salons n'appartenaient pas à cette
dernière société : salons de plaisir et d'exces-
sif nonchaloir, qui se ressemblaient comme
frères dans la même coterie, à la fois mon-

dains, littéraires, politiques, jamais exclusivement l'un ou l'autre.

D'abord on refusait toute importance à la politique, et des heures dévorées si utilement et si facilement par la dissipation eussent été regardées comme perdues dans la discussion des affaires d'Etat. A Versailles même, on affectait sur ce point une discrétion toute particulière. Louis XV, proie de ses maîtresses, Louis XVI, indifférent à tout, les derniers de leur royaume s'occupaient de politique. Quant aux courtisans, ils appelaient discuter de graves questions, comme en témoignent les Mémoires de Barbier, de d'Argenson, et tant de collections de lettres, bavarder entre eux des scandales des grands, des causes secrètes du renvoi des ministres, et des bonnes grâces du roi pour sa future favorite. Le clergé seul, un peu plus prévoyant — et pour cause — songeait à part lui que la comédie pourrait bien avoir un dénoûment inattendu, texte fécond pour les assidus des salons du cardinal de Luynes, de M. de Juigné et de quelques parlementaires décrépits.

Encore moins de ces salons que nous nommons littéraires, académies pacifiques, ardentes propagatrices des beaux-arts et du bon goût. Les gens de lettres, en pénétrant dans les salons de leurs prétendus Mécènes, devaient sacrifier leurs aspirations à la plus abjecte trivialité, revêtir l'habit d'arlequin des *conteurs aimables*, moyennant quoi leur était décerné à l'unanimité le brevet d'hommes du monde, c'est-à-dire de sots qualifiés.

A la bonne heure, si l'un d'eux eût pu tenir maison ouverte ; mais c'étaient tous pauvres diables travaillant pour leur pain. Rappelons-nous que salon ne signifiait pas comme aujourd'hui étalage de quelques bougies sur quelques tables chargées de cartes ou de livres ; mais bien souper copieux, abondant en vins recherchés, et luxe à l'avenant, excellent recruteur d'amis.

Quant à ceux que nous nommons salons du monde, les traitants et une infinité de grands seigneurs les représentaient, et pour habitués cette nuée de plats valets et de parasites, clientèle affamée de la fortune et de la grandeur.

Parmi ces prodigues, le prince de Guéménée, des premiers, termina le bal par une faillite de trente millions, et le *diou de la danse*, Vestris, put adresser à son fils cette véhémente apostrophe : « Auguste ! Auguste ! on parle dans le monde du mauvais état de vos finances; on dit que vous abusez de la confiance qu'inspire le nom que je vous ai permis de porter. Si vous ne mettez pas ordre à vos affaires, je ne souffrirai pas que vous le portiez plus longtemps. Nous nous sommes toujours soutenus avec honneur, entendez-vous, Auguste; je ne veux point de prince de Guéménée dans ma famille! »

A la tête des salons de la finance se placent ceux de la Popelinière, fameux auteur de *Daïra* et plus fameux mari; de Beaujon et de Grimod de la Reynière, auquel son fils succéda, comme il avait succédé lui-même à Grimod, premier du nom.

II

Avares et assez retirés jusqu'à Louis XIV,
les grands, les financiers et les gens de justice eux-mêmes avaient alors contracté des
habitudes de luxe, pompes séduisantes pour
le vulgaire, qui leur attirèrent une apparence
de considération. « C'est, remarque Saint-
Simon, une plaie qui, une fois introduite, est
devenue le cancer intérieur qui ronge tous
les particuliers, parce que de la cour il s'est
promptement communiqué à Paris et dans
les provinces et les armées, où les gens en
quelque place ne sont comptés qu'à proportion de leur table et de leur magnificence,
depuis cette malheureuse introduction qui
ronge tous les particuliers et qui force ceux

d'un état à pouvoir voler à ne s'y pas épar-
gner pour la plupart, dans la nécessité de
soutenir leur dépense. » Voilà comment et
par quels honnêtes moyens prit naissance la
société de Paris, celle que nous nommons la
bonne, digne fille de pareils pères, comme
eux âpre au gain, folle dépensière, pleine de
jactance, prétentieuse, bienveillante par intérêt, mesquine, riche de monnaie, mais pauvre d'esprit. De rechercher si quelques-uns,
en état de voler, suivent sur ce point l'exemple
de leurs bons aïeux, ce n'est pas ici notre
affaire ; reconnaissons toutefois, matière à dis-
sertation, que le siècle, en cela comme en
toutes choses, paraît énormément progresser.

III

Ces salons d'avant **1789** ont été jugés de
manières diverses, mais la plupart des écrivains les peignent comme un milieu charmant
où l'esprit de conversation a dit son dernier
mot. A s'en rapporter à leurs féeriques tableaux, ce ne sont que femmes nobles ou riches, simples, bonnes, naturelles, causant
bien, belles par dessus, des femmes de salon idéales, auprès desquelles les heures
s'écoulent inaperçues; les hommes, des types
de bonne compagnie, aux petits soins pour
ces enchanteresses, très bien doués aussi,
musiciens, danseurs à ravir, esprits élevés,
amis de l'encyclopédie et de ses doctrines,
lisant M. de Voltaire et le commentant, fort

au fait des questions sociales, dissertant du
conflit des parlements et de la royauté, de la
diversité des législations, des prétentions des
jurisconsultes et des nobles, avec la même
facilité et la même aptitude que du dernier
opéra de Gluck et des nouvelles fadaises
d'un Crébillon ou d'un Delille. Il y a plaisir
à suivre dans leurs descriptions ces char-
mants esprits sous la plume desquels ce monde
si parfait prend ces tons chauds et rosés. Le
bon temps !

On louait sans flatter, on blâmait sans médire.

Ils font ainsi une histoire à la fleur d'o-
ranger, fort agréable pour les boudoirs, co-
quette, pimpante, unie plus qu'une route de
glace, où rien n'arrête, où rien ne choque,
où tout plaît, gazouille et sourit.

Il n'y manque que la vérité.

Notre mémoire et la réflexion nous y ont
bien vite ramené. Pour peu que nous nous
souvenions des récits contemporains, quel
étonnement est le nôtre de comparer à tout
ce parlage d'admiration des confidences comme celles de M. de Lassay ! C'était, je vous
prie, un homme doux, un homme de société, qui en possédait une intime connais-

sance : « Ah ! s'écriait-il , il faudrait avaler
un crapaud tous les matins pour ne trouver
plus rien de dégoûtant le reste de la journée
quand on doit la passer dans le monde. »
Voltaire n'était pas, à beaucoup près, aussi
indulgent lorsqu'il appelait son temps « l'é-
gout des siècles». A tous les éloges qu'accor-
dent aux salons du XVIIIe siècle quelques
imprudents panégyristes de notre époque,
amusants étourdis qui écrivent l'histoire comme paillasse débite une parade, il serait facile
d'opposer les propres observations des hommes sur les sentiments desquels ils se pronon-
cent aussi légèrement.

Qui de nous n'a entendu dire , parlant des
temps immédiatement antérieurs à la Révolution, que les salons étaient le théâtre de
l'urbanité, de la politesse, de la bonne tenue
et de la fine causerie? C'est propos rebattu.
Veut-on vanter actuellement, dans un certain
monde, cinq ou six cacochymes à moitié
idiots accroupis autour d'une douairière et
toussant et crachant quelques tronçons de
syllabes, on dira : un survivant des salons
de l'ancien régime, parfait représentant du
vieil esprit français, la conversation aimable
et distinguée, les douces prévenances, etc.,

etc. Et cependant qu'était-ce que la conversation aimable et distinguée dans ce siècle à
imiter? Rœderer nous répond : « C'était le
langage de l'incontinence, qui ne se parlait
nulle part aussi légèrement qu'en France,
aussi généralement, aussi diversement. Ce
langage se mêlait à tout, s'étendait partout. »
Conversation aimable et distinguée! D'Argenson — celui-là savait son temps — lui
rend justice : « Notre conversation actuelle,
lisons-nous dans ses Mémoires, ne consiste
guère qu'en épigrammes, qu'en historiettes
ridicules, en singeries qui n'ont en vue que
le mal du prochain. » Delaharpe assure que
dans cet heureux monde on n'entendait que
plaintes sur l'ennui; et un critique, fort de
cette observation, a remarqué que l'ennui,
cette maladie des sociétés civilisées, tranquilles et opulentes, a peut-être contribué,
plus qu'on ne pense, à la Révolution, en
poussant les gens ennuyés à sortir, n'importe
comment, de leur fâcheuse disposition d'esprit. Trouvez-vous paradoxal le mot de Delaharpe, nous nous rejetons sur Jean-Jacques
Rousseau. Ce fut dans les salons de Paris
qu'il ressentit les premières atteintes de sa
misanthropie, dans ces brillantes réunions

que présidaient Mmes de Broglie, de Busenval et Dupin. Celle-ci rassemblait ce que Paris comptait de femmes aimables, d'écrivains célèbres et d'hommes d'esprit : Fontenelle, Buffon, Voltaire, étaient de ses convives ; Rousseau, pauvre, inconnu, timide, écouta, observa et s'instruisit. Tout cela lui donna la fièvre : « J'étais si ennuyé de salons, de jets d'eau, des bosquets et des plus ennuyeux montreurs de tout cela ; j'étais si excédé de brochures, de clavecins, de trios, de nœuds, de sots bons mots, de fades minauderies, de petits conteurs et de grands soupirs, que quand je lorgnais du coin de l'œil un simple pauvre buisson d'épines, une haie, une grange, un pré ; quand je humais, en traversant un hameau, la vapeur d'une bonne omelette au cerfeuil ; quand j'entendais de loin le rustique refrain de la chanson des bisquières, je donnais au diable et le rouge, et les falbalas, et l'ambre. » Quoique en pareilles matières on puisse trouver de meilleures autorités que Rousseau, fieffé mécontent de toutes les institutions sociales, sa franche opinion nous indique ici fort bien ce que penser de ces assemblées de désœuvrés, tout à la médisance, aux froids calculs de l'amour-propre, à ses petites vengeances, à ses lourdes prétentions.

On nous répondra en nous parlant de la séduction de cette époque, de l'agrément qu'elle répandait sur la vie sociale, ajoutant que jamais les diverses classes de la société ne s'étaient vues dans une telle intimité et comme faisant litière de leurs antiques prétentions; oubliant ainsi leur passé, leur personnalité, pour se rapprocher au sein de mœurs adoucies, et « uniquement occupées de se plaire, de jouir et d'espérer ensemble ». Cela est faux, n'en déplaise aux contradicteurs. Lorsque par exception les grands recevaient les petits ou se rendaient chez eux, c'est qu'ils en attendaient profit ou amusement. Mme Dudeffant, par exemple, et Mme Geoffrin, qu'au sortir de chez elles on nommait tout haut : cette madame Geoffrin, cette madame Dudeffant (1), avec le plus magnifique dédain, les aurait-on fréquentées sans la foule d'esprits d'élite qui faisaient de leurs maisons des lieux exceptionnels, véritables sociétés littéraires, auxquelles la finance et le grand monde en

____

(1) Voyez les *Mémoires de Lauzun*, si importants pour l'histoire intime et familière de cette époque.

général restaient tout à fait étrangers? Les
gens d'esprit sans blason? Baladins que l'on
payait en dîners et en gracieux sourires. Par
plus grande précaution même, on ne les ad-
mettait pas dans l'intimité de la famille; le
plus souvent on en restreignait l'usage aux
parties fines de la débauche; ils égayaient
les petits soupers, et le lendemain, les ren-
contrant par la rue, on était quitte pour passer fièrement à côté d'eux, humblement re-
pliés, sans les reconnaître, sans les saluer.

IV

Malgré tout, ce sont des mœurs originales ;
elles ont quelque chose de papillotant qui
fascine ; mais gardons-nous de nous laisser
tromper à leur faux éclat, et de prendre pour
le *beau désordre* du poëte cette affligeante et
apparente confusion. En effet, les gentils-
hommes qui se commettaient avec la roture
étaient le petit nombre, et tant pis pour les
autres. Croyons-en ce fragment de lettre qui
nous représente les salons des grands de l'E-
tat comme « un ramassis de gens de tous les
caractères que la seule naissance faisait admettre. Des sots de qualité, des imbéciles en
place, des hommes vains de leurs richesses,
de jeunes impudents, des coquettes, etc. Si
ce n'était pas l'arche du bon Noé, c'était au
moins la cour du roi Petaud ». Ainsi s'expri-
mait ce maître en l'art de vivre, Beaumar-

chais, appelé au plus grand monde par sa grande fortune, ses grandes manières, son faste, son délicieux esprit, et qui s'y conduisait suivant un sage précepte, en alliant à l'égard de tous le sarcasme de la gaieté avec l'indulgence du mépris.

Pour les habitués de ces salons, reconnaissons que leurs vices étaient costumés de dehors agréables; que la grande majorité des petits-maîtres, stylés au dernier point sur les bonnes façons, dialoguant sur des riens, pouffant de rire à des riens, disputant pour des riens, personnifiaient le néant le mieux du monde; avec cela un laisser-aller d'hypocrisie général, grands discours sur la vertu entre deux orgies, démonstrations singulières de libéralisme suivies d'applaudissements aux infamies du marquis de Sade. Toutes les hésitations, toutes les incohérences, tous les contrastes. Aussi nous les vîmes, ces éreintés, lorsque s'éleva la tempête, souffler leurs bougies, fermer leurs portes, enfouir ténébreusement leurs trésors, et petits, tout petits, fuir l'orage qu'ils avaient appelé et que, s'ils eussent eu du cœur, ils auraient bravé dignement, prêts à conseiller, à diriger, à sauvegarder le faible en ces heures terribles.

V

La force de la routine et de l'irréflexion est
si grande, que ces salons ont été taxés à très
haut prix pour avoir été confondus tout d'a-
bord avec les cercles que quelques femmes
supérieures dirigeaient en dehors du monde
dans les hautes sphères de la pure spéculation philosophique, ou seulement entraînées
par un ardent amour des beaux-arts et des
lettres. On ne s'attend pas, sans doute, à ce
que nous tracions ici l'histoire de ces assemblées, qui se rattache intimement à celle de la
gloire du nom français. Nous ne pouvons
qu'indiquer très sommairement quelle filia-
tion rattachait au salon de Mme de Ram-
bouillet, à celui de Mme Cornuel et de ses
deux filles, et à ceux de quelques autres

précieuses célèbres, le salon de Mme Nec-
ker et ces pépinières de grands hommes que
89 mit au jour. Ce fut, à la fin du XVIIe siècle, le salon de Mme de la Sablière, et
successivement les mardis et les mercredis
de Mme de Lambert, illustrés par Fontenelle,
intelligence si distinguée, si précisément ré-
glée, si raisonnable, habile comme il n'est
pas possible dans la direction de pareilles
réunions, à faire régner tout à la fois la
science et l'esprit, la morale et le badinage,
Fontenelle, qui se félicita de mourir, croyant
emporter avec lui le secret d'un des plus vifs
plaisirs que procure le commerce du monde :
« Ce qui me console de quitter la vie, c'est qu'il
n'y a plus personne qui sache écouter. » Les
soupers de Mme de Tencin ; les mercredis de
Mme Geoffrin, dans son grand appartement de
la rue S.-Honoré, quelque chose de sage, de
réfléchi, d'aimable et de frivole en même
temps, le charme de l'entrain avec beaucoup
de mesure et de tact ; les soirées de Mme Dudeffant, si vantées et à si juste titre ; la *conversation* de Foncemagne (mort en **1779**),
c'est ainsi que cet académicien nommait ses
réunions hebdomadaires, très fréquentées des
lettrés et des érudits ; la maison du baron

d'Holbach, rendez-vous d'une société composée de la fleur des assidus du cercle de Mme Geoffrin et de quelques têtes que cette dame avait trouvées trop hardies. On y vit quelque temps Buffon et Jean-Jacques Rousseau. Galiani', le chimiste Roux, Diderot, Marmontel, fréquentaient habituellement ce salon animé par les amusants et interminables monologues du baron, et se retrouvaient chez Helvetius, si prématurément enlevé aux philosophes et à l'humanité. Les principaux économistes se réunissaient chez Mme Trudaine, l'hiver à Paris, l'été au château de Montigny, dans la vallée de Montmorency, d'encyclopédique mémoire, et chez Paulze, fermier général des finances, qui avait épousé une nièce du fameux contrôleur général, l'abbé Terrai. C'étaient Turgot, Malesherbes, Trudaine, Condorcet, Dupont de Nemours, Raynal, lesquels, avec la permission de leur hôte, s'amusaient parfois à prouver la nécessité de la suppression de certaines charges, dont la sienne faisait partie; milieu sérieux et élevé où grandit, dans une atmosphère de chiffres, la jeune Mlle Paulze, mariée à **13** ans (**1771**) à Lavoisier, et qui faisait à bonne école son apprentissage de maîtresse de maison.

Ces réunions et quelques autres du même genre sont les seules vraiment dignes des éloges qu'on a, par une incroyable légèreté, étendus à tous les salons du XVIIIe siècle ; ceux, notez-le bien, où se remuaient de grandes questions et de grandes choses étaient rares, et il y a erreur évidente à répéter après un grave historien, que c'était là « l'esprit général, la vie habituelle du temps ». En récompense, nous reconnaissons aisément dans ce petit nombre de coteries les véritables organes de l'opinion. Depuis le moment où les gazettes firent tomber la secte singulière des nouvellistes, sorte de vivants journaux, jusqu'à celui où, après avoir fourni leur longue carrière d'organes officiels, ces gazettes devinrent, dans la main du peuple, les armes les plus puissantes de la discussion et de la rébellion, les réunions dont nous parlons restèrent en possession de la noble charge de diriger les esprits. Elles furent, en ce sens, les premières à défendre l'encyclopédie, et travaillèrent efficacement à la propagation des idées nouvelles et à l'avénement de la Révolution.

VI

Reste à parler, pour achever cette esquisse sommaire, de quelques habitués de ces salons, comme Diderot, Chamfort, Rivarol, Rulhière, et tant d'autres qui survécurent et prirent part aux événements. Diderot les surpassait tous. C'était, dans un des cercles que nous avons cités, le plus puissant et le plus charmant des causeurs. Nous ne connaissons pas Diderot, ne le connaissant que par ses écrits. Il faut interroger là-dessus tous ses contemporains. Les confidences de deux hommes peu enthousiastes d'habitude et certainement bien secs et bien froids nous ont entre autres frappé. Je parle de Morellet et de Marmontel. Le premier : « La discussion de

Diderot, écrit-il, était subtile sans obscurité, variée dans ses formes, brillante d'imagination, féconde en idées et réveillant celles des autres. On s'y laissait aller des heures entières, comme sur une rivière douce et limpide dont les bords seraient de riches campagnes ornées de belles habitations. J'ai éprouvé peu de plaisirs de l'esprit au-dessus de celui-là, et je m'en souviendrai toujours. » Le second n'est pas moins précis : « Les systèmes de Diderot sur l'art d'écrire altéraient son beau naturel. Lorsqu'en parlant il s'animait, et que, laissant couler de source l'abondance de ses pensées, il oubliait ses théories et se laissait aller à l'impulsion du moment, c'était alors qu'il était ravissant ! »

Dans un autre ordre d'idées, Rulhière eut, comme le célèbre encyclopédiste, de nombreux admirateurs. Son esprit, que l'*Histoire de l'anarchie de Pologne*, œuvre compassée et tirée au cordeau, ne saurait rappeler, était la causticité même; il brûlait tout ce qu'il touchait. Cela plaisait aux femmes, qu'il ménageait toujours : car, par une autre anomalie, ce railleur impitoyable était le premier des coupletiers de salon et tournait comme pas un le bouquet à Chloris entre deux menuets. Il mourut en 1791, laissant après lui le duc de Biron, Rivarol et Chamfort, que la Révolution assombrit bientôt. Biron eut la tête coupée ; Chamfort se défit ; Rivarol émigra. Ce dernier, comme on voit, se confessa vaincu en quittant la partie, et partit du monde piteusement.

LES SALONS

GRAND MONDE

I

Ce grand monde, c'étaient les enrichis :
enrichis par le commerce, enrichis par l'agio-
tage, enrichis par la déprédation, enrichis
par toutes les sources impures que s'ouvrent
les faux frères dans les Révolutions et où ils
puisent à pleines mains. Il ne faut que jeter
les yeux sur les rapports des généraux pour
voir par quelles bandes d'indignes fripons,
leurs fournisseurs, étaient exploitées les armées républicaines (1). Ce furent ces hommes

(1) « Trois milliards, volés par les fournisseurs
et par les agents de toute espèce, sont aujourd'hui
en concurrence avec l'Etat dans ses acquisitions...
l'administration des armées est pleine de brigands ;

sans vergogne qui revinrent au commencement du Directoire dépenser à Paris, quelques-uns sous des noms nouveaux, d'autres sans masques, leurs fortunes si déloyalement acquises. Ce furent eux qui donnèrent l'exemple des saturnales où Paris se laissa entraîner peu après. Inutile de les désigner plus explicitement, leurs crimes sont la fable des journaux du temps.

Sans se fourvoyer dans ces repaires, les gens de plaisir ont à choisir parmi d'assez riches demeures, qui leur ouvrent leurs portes et se disputent la faveur de les avoir pour commensaux. C'est Ouvrard, à peine

---

on vole les rations des chevaux. On n'y reconnaît point de subordination, parce que tout le monde vole et se méprise. » (Saint-Just, *Rapport à la Convention* du 26 février 1794 ; *Moniteur* du 27.) Et Bonaparte, à la date du 12 octobre 1796, lettre au Directoire : « Venons aux agents de l'administration : T.....n est un voleur ; il affecte un luxe insultant. Il m'a fait un présent de plusieurs très beaux chevaux, dont j'ai besoin, que j'ai pris, et dont il n'y a pas eu moyen de lui faire accepter le prix. Faites-le arrêter et retenir six mois en prison. Il peut payer cinq cent mille francs de taxe de guerre. »

âgé de **30** ans et déjà **30** fois millionnaire, Ouvrard, propriétaire du Raincy, de Marly, de Luciennes, de S.-Gratien, de Villandry, de Châteauneuf, de Preuilly, d'Azay et autres lieux ; Ouvrard, providence des rois de l'Europe ; Ouvrard, qu'attendent de si tristes revers, et qui, riant à son avenir, jouit en prince magnifique de ses immenses trésors. C'est Vanlerberghe, si riche aussi d'abord, si cruellement éprouvé vers sa fin, maître libéral des Folies-Beaujon, d'un accueil si affable, d'une prodigalité si bien entendue, possesseur temporaire, en garantie de ses avances, du fameux diamant *le Régent*, qui n'est pas la moindre merveille de cette merveilleuse habitation. C'est encore Armand Séguin, plus constamment favorisé de la fortune ; Hainguerlot ; de Tilière, dont la fille, devenue Mme d'Osmond, porta dans la famille de son mari ce bel hôtel que nous connaissions sous son nom et qui s'est fermé, comme il s'était ouvert, au son des orchestres joyeux ; Roy, depuis comte et pair de France, et qui alors se contentait de son simple rôle de millionnaire ; Perregaux, banquier du gouvernement, dont on vante la cordialité et les façons aimables ; Delessert ; Pourtalès ; d'Etchcgoyen ; Hottinguer, dans son habitation de la rue de Provence ; Lecouteux ; Enfantin frères ; Michel frères, enfin, — trop connus ceux-là ! — chez qui, — mirage étrange de la fortune ! — nombre de pieds-plats ambitionnent l'honneur d'être reçus.

Telle était la fine fleur de la nouvelle société appelée *le beau monde de Paris* : « L'étoffe, la coiffure, le divorce et la banqueroute du jour, dit un spirituel contemporain (*Le Dix-Huit Fructidor*), fournissent des sujets à la conversation. On s'habille, on prend le cours, on dîne copieusement, on fait une bouillotte, on se promène en carrick ; on revient pour le thé, on cause sans se répondre, on bâille à se fendre la mâchoire, et l'on va se coucher pour recommencer le même cercle le lendemain et les jours suivants. » Après ces demi-dieux de la pièce de cinq francs et du *corset* (assignat), qui jouissaient de leurs grands biens avec plus ou moins d'intelligence, quelle queue d'imitateurs stupides ! Le mince pécule du commerçant payait les plus ridicules singeries des libéralités d'en haut. A sottise, sottise et demie ; ils rivalisaient d'extravagances, mais quelque chose les trahissait ; relevait-on leurs housses de velours, quels siéges couvraient-elles? des caisses de savon.

S'il se glissait des hôtes d'un rang élevé, ils venaient aux fêtes comme à la boutique; non plus, il est vrai, pour marchander l'huile et le café, mais pour jouer sur les denrées. Les femmes mêmes ne se risquaient à autre fin : « Présidente, voilà une charmante broderie. —Monsieur Dupré, connaissez-vous le cours du sucre? — Comtesse, qui vous a fait cette coiffure? — Et les chandelles, monsieur Dupré?— Mais je ne reviens pas des talents de votre femme de chambre. — Votre parfie de souliers, présidente, est-elle vendue? etc. »

« Sous l'ancien régime, fait observer l'auteur du *Nouveau Diable boiteux*, on sifflait le maltôtier et les Turcarets; le mépris balayait cette écume, cette ordure brillante. Aujourd'hui les Turcarets sont les hommes les plus importants de la société. »

II

On a appelé toucheurs de bœufs, fils de bouchers, pancratiastes, les *petits*-maîtres, les roués de **1795** à **1804**. Ç'a été justice. Négligeant le reste, ils n'avaient de culte que pour les avantages extérieurs. Etre bien en point, musculeux, d'une belle taille, montrer une poitrine large, des bras et des jarrets vigoureux, c'étaient pour ainsi dire leurs seuls titres à la fortune. Ils les trouvaient dans les cirques, les jeux athlétiques, les palestres, où ils s'exerçaient tous les jours; mais la force qu'ils acquéraient était une force dérisoire,puisqu'ils n'y joignaient pas l'énergie et que sous leurs mâles poitrines battait un cœur d'enfant. « L'homme à la mode, dit un sa-

tirique du temps, jouit d'une santé brillante.
Rome en eût fait un athlète, le Bas-Empire
un moine, Frédéric un soldat, et Londres un
portefaix ; mais à Paris, c'est un homme à
bonnes fortunes. Quoiqu'il soit sans esprit,
sa jactance et son tailleur font qu'il n'est pas
trop déplacé dans la bonne compagnie. Ses
doigts sont chargés de bagues dont chacune
est le souvenir d'une aventure scandaleuse
qu'il raconte lui-même avec des détails dont
l'exactitude tient lieu d'élégance. Ses regards
et son langage font également rougir les
femmes, et toutes en disent un mal affreux ;
mais comme en même temps elles ne cessent
de l'agacer et ne peuvent se passer de lui, je
suis excusable de présumer qu'elles en disent
beaucoup de mal qu'elles ne pensent pas,
et qu'elles en pensent beaucoup de bien
qu'elles ne disent pas. L'existence de cet
homme n'a d'ailleurs rien de solide et dépend
tout entière de l'espèce d'équilibre qu'il main-
tient avec peine entre ses créanciers et ses
maîtresses. »

Une santé délicate, les traits pâles, amai-
gris, étaient au contraire pour les femmes
des signes de beauté recherchés. Une carna-
tion luxuriante n'étant plus de mise, on avait

trouvé les moyens de s'en défaire ; il y avait
des moyens pour allanguir la trop bonne
santé, comme il y en avait d'autres — il y en
avait ! — pour guérir la mauvaise. Souvent il
suffisait de quelques saignées pour acquérir
l'état valétudinaire à la mode. Aussi, que de
déités ! Sans prendre à la lettre les éloges
outrés que font des *attraits*, des *charmes* de
leurs contemporaines les écrivains du Directoire, on peut s'assurer que rarement la société de Paris vit dans ses salons une telle
réunion de jolies femmes. Un critique de
nos jours explique ce fait en disant qu'à certaines époques la nature paraît, avec une
sorte de complaisance, produire la grande
beauté ; nous croyons plus raisonnable de
nous référer simplement à cette autre hypo-
thèse du même écrivain, qui consiste à attri-
buer ce nombre prodigieux de belles femmes
à l'envahissement du grand monde par toutes
les personnes naturellement élégantes et dis-
tinguées qu'aucune convention, qu'aucun dé-
corum, qu'aucun préjugé n'excluait plus.

III

Jolies femmes, elles n'avaient aucune des
qualités de la femme. Occupées depuis le
matin à manier le fouet de cuir, à conduire
au bois le wiski, à lutter de vitesse avec tous
les Centaures à la mode, est-ce dans ces exer-
cices qu'elles auraient contracté la réserve,
l'aménité, la gravité douce, qui siéent si bien à
leur sexe et qui leur donnent le pas dans les
salons ? Mais aussi que feraient-elles de cette
réserve et de cette douceur ? Qu'ont-elles besoin des grâces de la conversation ? N'ont-
elles pas la danse pour tenir lieu de tout
cela ? et après la danse, des amants à admirer, des rivales à observer, des attitudes à
étudier ? On ne cause plus, l'on pose ; le cos-

tume d'ailleurs s'y prête bien. Plus de cor-
sets, plus de buscs, plus de jupons. Une
chemise — il fut même une saison où ce vêtement, superflu du reste, et vraiment dis-
gracieux par ses plis, disparut — recouverte
d'une tunique drapée à l'antique, ou mieux
d'un long fourreau de linon, de mousseline
ou de gaze, parfaitement étroit, exacte tra-
duction des formes, puis... c'est tout. Seulement autour du cou, sur la poitrine, aux
oreilles, dans les cheveux, des camées, des
médaillons de toute couleur et de toute grandeur, qui suspendus par des chaînes, qui
fixés sur des aiguilles, qui terminant des
broches, qui ornant des colliers de velours
ou de perles; à la main un énorme cabas
d'une capacité de quatre à cinq litres, que
vous nommerez comme il vous plaira : une
ballantine, un réticule ou un ridicule; à la
ceinture un nœud presque serré; généralement on simulait la grossesse. Cette maladie,
devenue mode, rentrait aussi dans les pre-
scriptions du bon genre. On vit des mères
permettre et, en un besoin, imposer à leurs
filles cette feinte étrange que dans son langage imagé le peuple appelait un *demi-
terme.*

Le mauvais goût du costume se retrouvait dans l'ameublement. Les salons avaient la prétention assez mal justifiée de se modeler sur l'antique. On y trouvait des copies informes de toutes provenances : fausse ornementation grecque, faux vases étrusques, faux meubles romains, le tout de la composition des inséparables Percier et Fontaine. Ils avaient tendu les chambres d'un drap couleur de brique avec des bordures noires ; posé çà et là des cariatides, des statues, voire des autels païens ; les meubles, imités sur ceux de Pompéi, étaient en bois d'acajou ; enfin les bougies avaient fait place à des lampes — ornements sépulcraux d'un très bon style.

IV

Nous avons dit que la conversation n'existait pas. Elle avait été remplacée par l'étude d'un baragouin, d'un argot *incroyable*, qu'on rêvait de substituer au français. Le bel idiome de Rabelais, de Molière, de Bossuet? Ah! n'en parlez plus, c'est une langue sauvage qui blesse les nerfs sensibles de ces colosses et de ces amazones. A la place ils vous légueront une langue sans consonnes, un gazouillement délicieux. Allons écouter au pied de ce *thalamus* ce couple d'*impossibles* si précieusement appuyés l'un sur l'autre; le collet vert fait jouer un énorme binocle, sa jeune compagne soutient d'une main sa ballantine et de l'autre ajuste sur son front et ramène sur ses yeux les frisons noirs de sa perruque : « Savez-vous, dit l'incroyable, une histoi-e singu-iè-e qui vient d'a-iver au théât-e Moliè-e ; c'est, en ve-ité, cha-mant ! — Point, répond la donzelle ; quelle est cette aventu-e singu-iè-e ? Vous m'int-iguez. — Vous connaissez la Dusa-din. Eh bien ! on zouait Figa-o ; on en était au second acte, le spectac-e était b-illant ; chacun, cont-e l'o-di-nai-e, était attentif au zeu des acteurs ; moi-même, ze -is de ma faib-esse ! z'écoutais avec p-aisi. Tout d'un coup des c-is d'enfant pa-tent du fond d'une lose, on tou-ne les yeux de ce côté pou- fai-e cesser le b-uit ; mais quelle est la su-p-ise géné-ale ! La Du-sa-din en t-avail d'enfant ! et ce n'était aut-e çose que le petit poupon qui avait atti-é nos -egards. »

Mais, direz-vous, quel maître enseigna cette sotte langue ? quel la défendit ? Un grand professeur ès sciences de mode, un de ces moutons de Panurge, comme il s'en trouve à chaque époque pour entraîner les autres en toutes folies, Garat, le séduisant diseur de romances, le ténor favori de Marie-Antoinette, qui, poursuivi pendant la Révolution pour l'audace réactionnaire de ses refrains, fut accueilli par Thermidor comme une victime. Nulle fête complète sans Garat. Les salons où ce soir « caracouleront ses caracoulades » ce sont les salons privilégiés ; où promènera-t-il son habit carré « comme quatre planches », sa cravate « écrouélique », ses cheveux « en oreilles de chien », ce potentat de la mode, ce don Quichotte du beau langage? Il faut le suivre , l'applaudir, pour acquérir des droits au titre d'*inc-oyable*.

Ga-at ne savait pas la musique ; mais il avait acquis par le travail une excellente routine, un talent merveilleux d'imitation. Il contrefaisait la voix de tous les artistes, le son de tous les instruments; tout seul il exécutait un opéra entier, depuis l'ouverture jusqu'aux airs de ballet. C'était l'homme de la situation. Esprit bizarre, il avait adopté des premiers l'étrange costume des nouveaux muscadins. Il y joignit des manières à désespérer tous ceux qui cherchaient à se modeler sur lui. Les voyelles défendues par un tel champion tombèrent entre bonnes mains, et comme il était plus facile d'adopter l'affectation de son langage que de singer les étranges écarts de sa démarche et les grâces excentriques de sa tournure, on comprend tout l'engouement que dut exciter dans la jeunesse dorée ce babil paresseux et bizarre des *pa-oles ve-tes* et *panassées*.

V

Deux autres erreurs de ces gens-là consistaient, la première à se croire, la seconde à faire de l'esprit. Ce fut chez eux que se fabriquèrent, que coururent, que firent fortune, les jeux de mots politiques. Ils transformèrent le Luxembourg en une « manufacture de *cires* à frotter »; ils dirent que si les Anglais se *dépittaient*, les Français avaient bonne envie de se *débarrasser*. M. de Bièvre avait des successeurs ; *le Sourd ou l'Auberge pleine*, iliade de cette étrange époque, eut 400 représentations.

Amusement de l'âge mûr impuissant,

Le Janus à deux fronts, l'hébété calembour,

laissait le champ libre à la jeunesse. A elle les emportements fiévreux de l'amour et de la danse; une danse qui n'est plus le menuet, ni la carmagnole, mais qui a emprunté à la première sa grâce — non sa décence — à la seconde quelque chose de sa turbulence et de sa chaleur; une danse allemande accommodée par l'infatigable M. de Trénitz aux mœurs de la nouvelle France, la valse, cette fougue, ce délire, parfaite peinture du mouvement d'esprits qui, ne sachant pas s'employer utilement, se donnent au plaisir. « La valse, disent les beaux de l'époque, est une danse de familiarité qui exige l'amalgame de deux danseurs et qui coule comme l'huile sur le marbre poli. » Couples emportés dans un tourbillon sans fin, « la femme laisse tout voir et tout presser, l'homme déploie un jarret infatigable, une cuisse bien tendue dont le souple nankin dessine parfaitement les contours. Ils s'enlacent, ils tournent sur eux-mêmes avec mollesse et rapidité, un rapport magnétique s'établit, l'œil brille et s'anime, la joue se colore, la bouche fleurit, le cœur bat contre le cœur, le vêtement ondoie.... » comment tout reproduire? Les rigoristes gémissent à de pareilles scènes; il est vrai d'ajouter que l'afféterie de leur langage ne permet pas de croire à la vérité de leur douleur :

« Ah ! s'écrie l'un d'eux, ces pas de Flore, de Psyché ou du Zéphyre valent-ils les péri-gourdines sous l'ormeau au son du tambou-rin et du flageolet ? O nature ! que l'art est fai-ble et petit devant toi ! » Il arrive que nul ne l'écoute, lorsqu'il dit ailleurs avec plus de mesure et non sans une certaine connaissance des hommes : « Sachez que Salluste attribue à la dépravation des mœurs la facilité que Ca-tilina trouva à rassembler des chefs de parti. Sachez que Plutarque assigne la même cause à l'asservissement de Rome et à l'élévation de César ! »

VI

« Pourquoi cette dame, assise à sa toilette, montre-t-elle tant d'inquiétude ? Pourquoi frémit-elle à la pensée que le coiffeur ou la marchande de modes pourrait lui manquer de parole?—Pourquoi? Pour se jeter dans le tumulte, pour faire des révérences et des grimaces, pour s'entendre dire toujours les mêmes choses par mille personnes dont elle connaît à peine les noms, pour admirer, en se levant sur la pointe des pieds, quelques danseurs, pour se mettre un moment au jeu, perdre de l'argent, bâiller, maudire le vacarme, attendre avec impatience le thé, s'esquiver enfin, mécontente de n'avoir pas été remarquée, se coucher à la pointe du jour et se réveiller à midi, pour recommencer sur nouveaux frais.

« Dans certaines maisons, qui sont comptées parmi les meilleures, une grande table à jouer, au milieu du salon, est le meuble indispensable. Quand cette table est bien garnie, la maîtresse de la maison s'y place. Elle a les yeux partout et crie de temps en temps : Messieurs, au chandelier ! On met si souvent sous le chandelier (soi-disant pour les cartes), que cela suffit pour entretenir la maison dans tout son luxe et fournir à toute la dépense.

« La quantité et non la qualité des visites donne maintenant de la splendeur à un cercle. On invite des personnes de tous les états. On y voit peu de femmes, beaucoup d'hommes, surtout des étrangers ; autrefois c'étaient des Anglais, maintenant ce sont des Russes. Tous les appartements sont ouverts et éclairés ; quelques jeunes messieurs entourent la maîtresse de la maison, les autres se promènent sur le bout des pieds, par-ci par-là, pour admirer les canapés antiques, les chambres à la grecque, les lits à la romaine et le boudoir à la chinoise. Les mystificateurs et plaisants sont très à la mode. Ils se mettent à la table des grands, et tout leur talent consiste à faire des grimaces, à imiter les cris de toutes sortes d'animaux ou le bruit d'une scie ; à changer leur voix, à se déguiser de toutes les manières, etc., etc.

« Le bon ton exige qu'on néglige toutes les dames, qu'on n'assiége que la plus belle, qu'on la regarde fixement et qu'on l'entoure, au risque de la suffoquer. Sur les deux heures de la nuit, un danseur par excellence arrive ; aussitôt tout le monde crie : La gavotte ! la gavotte ! On apporte un piano, on forme un cercle, on monte sur les chaises, on applaudit. Le jeune homme qui danse avec la maîtresse de la maison reçoit d'un air de suffisance les compliments qu'on lui adresse, comme un tribut qui lui est légitimement dû. Il prend le pas sur les hommes, les vieillards ; parle à tort et à travers de spectacles, de littérature et de beaux-arts ; interrompt la conversation la plus intéressante par des niaiseries ; mystifie, s'il le faut, son propre père ; enfin, qui peut savoir tous les exploits à la mode dont il se fait gloire ? Voit-il, au souper, un de ces gâteaux aux pommes nommés *charlotte*, il dit très spirituellement : « Je voudrais bien être le Werther de cette Charlotte (1) ! »

____

(1) Kotzebue, *Souvenirs de Paris*, II, 316.

VII

Il y avait les *réunions* proprement dites ou réunions familières ; dans celles-là on n'annonçait pas, le luxe des toilettes était inconnu ; c'étaient, en quelque sorte, des visites du soir sans cérémonie ; il n'était pas impoli de paraître, de saluer et de disparaître. On soupait néanmoins — souper frugal — et c'est par là que se terminait la soirée.

Ce qu'étaient les *bouillottes*, leur nom le dit assez.

Venaient ensuite les *thés*, qui commandaient la dépense, tant de la part du maître de maison que de celle des invités. C'étaient les assemblées à la mode. Chez les grands du jour, inviter à un thé voulait dire : Tout Paris étouffera ce soir dans nos salons ; chères dames, faites-vous belles, déshabillez-vous au dernier point ; délicieux incroyables, allongez encore un peu la queue de vos habits, elle ne vous va qu'à la cheville ; vous serez remarqués ; il y aura thé ! — Le thé, c'était le plus succulent ambigu de viandes rôties, de gibier, de pâtés d'Amiens, de poulardes du Mans truffées, une carte géographique, enfin, avec des chefs-d'œuvre d'art et d'industrie culinaire pour noms de lieux ; on y trouvait de tout, excepté du thé. « Les thés, dit Kotzebue, se font entre deux et trois heures du matin et sont d'une aussi difficile digestion que les Midas près desquels on est assis. Ils ne diffèrent des dîners que par l'absence de la soupe et du bouilli ; quelquefois cependant on sert le dernier, mais personne n'y touche. Plus ordinairement il est remplacé par un énorme morceau de viande farcie, comme, par exemple, un morceau de vingt à vingt-cinq livres. Deux autres plats, accompagnés de huit plus petits et de six hors-d'œuvre, complètent le premier service. Ensuite viennent les rôtis et les entremets, comme au dîner ; et enfin le dessert. Les glaces y sont indispensables, mais il faut de préférence les prendre chez Mazurier, limonadier à l'entrée des Champs-Elysées. On sert également de la liqueur et du café, comme après dîner; mais le café doit être plus fort après souper, afin de tenir éveillés les convives que la tiédeur de la conversation pourrait facilement endormir. » Ce solide repas servait de halte entre une valse et une contredanse, puis le tourbillon reprenait son élan jusqu'au jour.

Enfin la fête, la grande fête, telle que le luxe la pouvait concevoir avec tout son prestige et tous ses raffinements, c'était le *thiase*, dont le nom bizarre faisait travailler et préparait l'imagination. Danse des bacchantes dans l'antiquité, le thiase n'avait pas dégénéré, à cette différence près qu'un grand nombre des modernes prêtresses de Bacchus, au lieu de servir le dieu dans un temple de marbre, vendaient hier ses produits à tant la livre sur le carreau des halles ou dans la boue du port des Bernardins.

Ces grandes réunions exigeaient une toilette d'une extrême recherche. Les femmes, la tête attifée par Leroy, Legros, Doisy ou Mme Gossec, se montraient tantôt en *repentirs* ou en *tire-bouchons*, tantôt en perruques blondes ornées de plaques d'or, et tantôt en

résille. Mme Raimbaut ou Mme Germont dé-
vaient avoir dessiné et coupé leur tunique
grecque, à la.Minerve, ou romaine, à la Ves-
tale ; Coppe fourni leur cothurne, chaussure
gracieuse avec laquelle tout est possible,
hormis marcher; enfin Foncier, le richissime
bijoutier des élégances, répandu les trésors
de son écrin sur leurs épaules et encerclé
leurs jambes et leurs doigts de pieds dans
des anneaux d'or ou de perles. Les hommes,
coiffés d'une perruque de Duplan, sortaient
de la boutique de Heyl, le coupeur à la mode,
celui qui savait le mieux tailler un habit sans
tournure, gauche, grotesque ; qui donnait
avec tant d'art à ses clients « l'aspect de bustes
revêtus d'un sac et montés sur des échasses ».
Leurs culottes plissées, amples, informes,
étaient le chef-d'œuvre de Sarrazin, à moins
qu'ils ne préférassent le pantalon étroit de
nankin fin, qui s'attachait avec un ruban à la
cheville du pied.

Voilà cet étrange costume saisi par son
côté le plus grotesque et le plus persistant.
Nous ne suivrons pas les transformations que
lui fit subir la mode. Ce n'est pas plus là
notre affaire que de raconter les fêtes étranges
qui s'organisèrent par souscription en dehors

des salons. De ce nombre fut ce fameux bal des Victimes, donné exclusivement par des parents des victimes de la Révolution, et dans lequel on ne fut admis qu'en vêtement de deuil et le crêpe au bras. Ceux-là ne dansaient pas sur un volcan, mais sur des tombeaux. Il ne faut pas disputer des goûts.

VIII

Ainsi harnachés, ces hommes se permet-
taient toutes les audaces, ces femmes tous les
abandonnements; mœurs singulières qu'il ne
nous appartient pas de retracer et qu'on re-
trouve aux diverses époques de l'histoire,
après des temps soit de rigueur extrême de
la part des gouvernements, soit d'extrême
retenue de la part des peuples. D'ailleurs, le
tableau de ces désordres serait déplacé ici.
Les salons sont un théâtre où, quelque cor-
rompus que soient les acteurs, s'observent
toutes les lois d'un maintien décent. Ce n'est
point l'affaire du moraliste de se glisser dans
les groupes et de recueillir les chuchotte-
ments et les aparté, de surprendre les com-

mencements d'intrigues qui , devant se dé-
nouer ailleurs, sortent de son domaine pour
entrer dans celui de la chronique scandaleuse. La seule remarque à faire au lendemain des troubles, c'est qu'au lieu d'une hié-
rarchie de sociétés, on ne trouve plus qu'une
société. On se présente, on est reçu partout.
Les dédains, les inimitiés, ont cédé la place à
une tolérance sans restrictions. Le magistrat
reçoit la finance, le commerce et les arts; la
finance voit la noblesse reparaître timidement
et lui faire l'hommage de ses premiers sourires. Il est vrai qu'elle cherchera bientôt à
reprendre son ancienne morgue; mais le
prestige n'y est plus : ce ne sera qu'un ridicule.

IX

Grossiers, mais simples et bons enfants, les salons, sous le Directoire, avaient pour eux leur bonhomie ; le Consulat la leur enleva : ils perdirent toute libre allure, ils devinrent hypocrites et collets montés. Ne nous en plaignons pas ; cette association du mauvais goût et de l'outrecuidance fut si comique ! Que de moqueries, que d'éclats de rire d'une part ! Que de vanités châtiées, quelle honte bue de l'autre ! La médisance a noté au vol toutes les inconséquences, toutes les âneries de ces écoliers et écolières de la fortune et de la grandeur. Si l'on voulait noircir ces pages d'anecdotes, le beau coup de filet ! Qui n'a les siennes, que la tradition lui a trans-

mises et qui sont déjà les contes des grands'-
mères? Les vieux émigrés de retour, oubliant
leurs chagrins, faisaient gorges chaudes de
ces parvenus qui craignaient de se blesser en
portant une épée, de ces femmes qu'ils di-
saient, dans un jeu de mots rétrospectif,
« plus propres au panier qu'aux paniers ».
C'était tantôt un des principaux magistrats
de Paris, de nouvelle création, qui signait
guge pour *juge*; tantôt une grande dame, fille
d'un chaudronnier, qui, pour avoir huché
derrière son équipage, aux peintures fraîches
encore, un brillant chasseur tout emplumé,
s'attirait cette épigramme de Talleyrand :
« Çà un chasseur? allons donc! c'est un bra-
connier. » Et tant de contrastes! Cette femme
toute couverte de diamants « se déhanche et
jure comme au comptoir »; cette autre — on
croirait qu'elle en a fait le pari — ne peut dire
deux mots sans augmenter la liste déjà si
longue des *liaisons dangereuses*. C'est une
fête. « Il faut leur-z-y montrer qu'on a zeu
de l'éducation, » s'écrie Mme Angot; ces ma-
trones n'ont d'autre pensée, et c'est leur seule
manière de la rendre. Les unes en face des
autres elles pouffent de rire : « Queues ma-
gnières ! » Elles se prodiguent tous les sar-

casmes, réservant à leur petit individu toutes les excuses de l'indulgence. Mais laissez faire, elles sont riches, elles seront bientôt éduquées; elles sont ignorantes, elles s'instruiront; gauches, elles se redresseront; sans connaissance du monde, elles l'acquerront; voici des maîtres du beau langage, des professeurs de manières, qui donnent des thés et autres soirées où l'on se perfectionne, à tant le cachet, dans tout ce qui est de l'usage de la vie; quelques leçons, et vous ne les reconnaîtrez plus. D'ailleurs, les habitudes du jour leur mâchent la besogne, comme elles pourraient dire; on ne leur tient pas rigueur : « Ces minuties importantes, ces riens si nécessaires autrefois, et d'où résultaient de si grandes jouissances, sont négligés. » Nous pouvons considérer leur ignorance comme un bienfait du ciel; il suffit pour cela de s'imaginer les supplices qu'aurait soufferts une petite-maîtresse dans un pareil monde : les hommes crachent et toussent sans prendre garde, sans se détourner; celui-ci parle, qui est interrompu sans motif par un voisin; celui-là rit sottement à la moindre occasion; cet autre devant de jeunes filles mêle à la conversation des jurements grossiers, des

équivoques cyniques ; cet autre encore se
roule pesamment sur un sopha, puis s'y en-
dort et ronfle. Les femmes ne le cèdent pas
en mauvais genre à de tels hommes. Elles
sont hommes elles-mêmes de voix, de geste,
de ton, de manières. Si on les salue, elles ne
répondent pas ; ramasse-t-on leur éventail,
elles ne remercient pas. « Elles dissertent,
vous provoquent, s'enivrent. » Mais le temps
nous presse. Passons. D'ailleurs, cette comédie aux rôles intervertis doit cesser et
l'ordre se faire au sein de la confusion. Ce
monde nouveau créera des mœurs nouvelles
où, tout étant disparate, rien ne le semblera
plus.

X

Maintenant, si nous voulons détourner les yeux de ce théâtre et que nous les abaissions sur une scène modeste, que nous pénétrions au sein des plus paisibles réunions de la société bourgeoise, un tableau consolant nous charmera. Les joies impures pèsent à la mémoire, tout est jouissance en de tranquilles plaisirs ; ces sages le savaient, qui ne trempèrent pas leurs lèvres à cette coupe de scandales. Chez eux semblaient s'être réfugiées l'honnêteté, la probité, la décence, toutes les vertus du foyer domestique ; les hommes se respectaient, les femmes s'occupaient moins de futilités et beaucoup plus de leurs enfants ; elles formaient cette génération de braves cœurs qui représentèrent la France libre pendant la Restauration et combattirent pour les lois violées aux jours solennels de 1830.

SALONS POLITIQUES.

XI

Après le 9 thermidor, les clubs où de prudents esprits étaient venus jusque-là, chaque soir, plaçant leur mot, faire acte de civisme, se fermèrent en grand nombre. La discussion publique resta le lot des masses populaires, et, dirigée par la police, perdit toute influence. Les salons politiques, redevenus, comme sous la monarchie, les seuls asiles du libre échange des idées, se constituèrent en petites sociétés secrètes ayant chacune leur mot d'ordre, leur consigne, leurs usages, leurs répugnances, leurs engouements, on pourrait même dire leur costume; car les partis avaient adopté une livrée connue. Jacobins, muscadins, monarchiens du club de Clichy, étourneaux du boulevard de Coblentz, écervelés du café Garchi : autant d'accoutrements divers. Les Clichiens portaient les uns de petits habits, de longs gilets, les autres la mode du jour dans toute son exagération : d'énormes pantalons qui disparaissaient dans de petites bottes à la Souvarow, un gilet à peine visible, une cravate énorme, et un habit qui n'avait que deux pans. Le collet de l'habit, par sa couleur, devint un signe de ralliement : les Jacobins l'adoptèrent rouge, les royalistes, noirs. Il est vrai que les plus prudents ne l'eurent pas à demeure : ils l'agrafaient avant d'entrer dans le salon et le quittaient dans l'anti-chambre. Quelques aristocrates se distinguaient à leurs cadenettes, d'autres à leur chignon relevé avec un peigne au haut de la tête. Des cheveux en rond annonçaient un révolutionnaire ; coupés court à l'occiput, c'était la coiffure *à la victime*, chère aux ci-devant ; — ils s'étaient étudiés à imiter d'une manière odieuse, dans un mouvement de tête particulier, où le front ne s'inclinait qu'une fois et brusquement, la convulsion d'une tête qui tombe... Voilà dans quelles frivolités s'oubliait la société blasée et corrompue qui succéda aux mâles esprits de Fleurus et de Jemmapes ! Et ces hommes s'étaient donné pour

mission de reconstruire, les uns, l'édifice
royal dont personne ne voulait plus, les autres, ce gouvernement républicain injurié,
trahi, renversé à la suite de leurs lâchetés ou
de leurs désordres.

XII

S'il y eut quelque part des exceptions à cette rage de mœurs et de modes extravagantes, ce fut certainement dans le petit cercle d'hommes d'Etat qui composait le Directoire. Trop faible pour anéantir la corruption, au moins fut-il assez fort pour se défendre contre elle. Laissons de côté la ruse et l'avidité d'un Reybell, le stupide apparat d'un Barras et ses folies sans nom; oublions sa bêtise, ses nuits de débauches, ses parades insolentes, son jeu désordonné, ses tables surchargées, sa domesticité princière, ses équipages, pour honorer cette modestie, cette sobriété, cette probité de tels et tels autres directeurs bien intentionnés. Chacun d'eux avait sa société, où régnait le ton simple et bourgeois de la ville. En ce poste élevé, Carnot donna le premier l'exemple de la réserve et de la dignité ; il recevait modestement ses amis et au dehors se montrait rarement sans être accompagné de sa femme , de ses sœurs et de ses enfants :

Peu de grands sont nés tels en cet âge où nous sommes ;
L'univers leur sait gré du mal qu'ils ne font pas.

Ce fut dans une mansarde du Luxembourg que Carnot reçut Bonaparte , général de la force armée de Paris , qui venait lui rendre visite comme il avait fait précédemment aux quatre autre directeurs. La scène a été contée par Beffroy de Reigny et nous montre la bonhomie de ces réceptions.

Beffroy chantait, accompagné au piano par une jeune fille, au moment où le général entra. Celui-ci, après le salut d'usage, voyant qu'on ne s'occupait plus que de faire cercle autour de lui :

« Mais je m'aperçois, dit-il, que j'ai troublé les plaisirs de la société ; que ce ne soit pas moi, je vous en supplie, qui interrompe la fête. »

Le directeur s'excusait, le général insista. Enfin, la jeune fille joua et chanta des couplets patriotiques, dont les refrains furent répétés par tout le monde.

Après la chanson, le général demeura encore quelques minutes, se leva, et partit. Il avait parlé peu. Le reste du temps, la conversation ne roula plus que sur lui, et Carnot augura dès lors qu'il n'en resterait pas là.

XIII

Toutes les génuflexions courtisanesques s'adressaient à Barras. Le Luxembourg avait en quelque sorte cessé d'être la résidence du Directoire. C'était, à écouter la moquerie publique, les Tuileries du nouveau roi. Une reine y présidait, que disons-nous? une sainte : Madame Tallien, surnommée Notre-Dame de Thermidor, folle dépensière des immenses richesses que son proconsulat avait permis d'amasser à l'homme détestable dont elle portait le nom. Belle, avenante, spirituelle, libre de gestes, d'allure et de conversation, musicienne, joueuse, enfin, comment l'engouement universel ne l'aurait-il pas acclamée? A la fois reine, comédienne et femme galante, toutes les folies de la Régence et des petits soupers de Louis XV revécurent par elle. Jamais favorite de despote n'accapara un tel pouvoir, ne fit montre d'un tel luxe. Telle robe de mousseline du prix de quarante louis ne fut portée qu'une fois par Mme Tallien. La première elle se découvrit les pieds et en para les doigts de bagues d'or, laissant voir à la fois les stigmates de ses souffrances d'hier que le temps n'effaça jamais, ces morsures hideuses imprimées sur ses jambes par les rats des prisons de Bordeaux. Quelque femme à la mode, sa rivale, apportait-elle une innovation applaudie dans son costume, vite Mme Tallien de l'exagérer ; elle avait des espions qui la tenaient au courant de ces changements, comme en avait Barras pour porter au comte de Provence le marché de ses trahisons. Un jour, Mme Raguet (un type d'élégance !) achète trente perruques blondes ; le même jour, Mme Tallien s'en procure un même nombre et de même couleur. Une autre fois, Mme Hamelin (la beauté dans toute sa fraîcheur) simplifie un peu son costume, et c'est beaucoup dire ; Mme Tallien ose davantage... elle le supprime — ou à peu près : on la vit un soir la poitrine demi-nue et les seins englobés dans une rivière de diamants ! « On ne

peut être plus richement déshabillée!... » dit
Talleyrand, et des flatteurs avisèrent cette gas-
connade : « La rivière n'a plus d'éclat, c'est un
cartouche! » Les bons mots dont on la réga-
lait n'avaient pas toujours cette saveur ; en voici inspirés par une grossièreté hors de sens.
Sur la robe de Mme Tallien, un ci-devant aurait fixé cette pancarte : « Respect aux pro-
priétés nationales » ; un autre, prié de détourner ses regards insolents : « Je ne vous con-
sidère pas, Madame, j'examine les diamants
de la couronne. » Ses diamants, toujours ses
diamants; il semble que leur éclat blesse les
yeux de la foule, car il n'est pas de prétexte
qu'elle ne saisisse pour en rire. Les uns pré-
tendent que M. de Fontenay, premier mari de
la belle Espagnole, n'a pas voulu lui rendre,
au divorce, un bijou de sa préférence, disant :
« Je le garde pour vous le rendre quand vous
serez ma maîtresse. » Les autres rient de ses
bagues *de diamants* « aux pattes de devant,
aux pattes de derrière ! » Fi ! fi !

La future princesse dédaignait ces sarcas-
mes ; bravant pamphlets et caricatures, elle
se produisait dans tout son débraillement aux
fêtes du Luxembourg. Là, souveraine de fait,
et, à ce titre, le point de mire de tous les re-

gards, elle ambitionnait encore cette célébrité factice dont le monde paye les virtuoses de salon. La harpe était son instrument favori ; elle y déployait de très beaux bras.

Pauvre femme ! Quelles souffrances durent être les siennes au souvenir de ces triomphes, lorsque par la suite elle se vit si sévèrement châtiée d'avoir été si belle et si recherchée. Napoléon et après lui le roi de Hollande lui refusèrent l'entrée de leur cour ; ce dernier, malgré les plus ardentes prières, n'accorda pas même à Mme de Chimay l'honneur d'une présentation, tandis qu'il faisait fête à son mari et à sa fille. Ainsi se trouva renouvelé à son égard un supplice des temps fabuleux ; car nulle femme ne conserva jusqu'à un âge avancé un plus grand désir de plaire. C'était la coquetterie en personne. Tous ses mouvements étaient étudiés, jusqu'aux plis de son front, au sourire de ses lèvres, à ses regards les plus indifférents. Elle ne faisait rien naturellement ; mais elle mettait tant d'art en tout ce qu'elle faisait, qu'il fallait une étude soutenue pour ne la pas croire naturelle. Par des efforts de tous les instants, elle donnait de la douceur à son coup d'œil, qui autrement eût paru froid et

sévère, une grâce indicible à ses mouvements, à sa voix une caressante magie. Mais
arrêtons-nous, la princesse de Chimay fini-
rait par nous faire oublier Mme Tallien. Ren-
trons avec elle au Luxembourg.

Ses *dames pour accompagner* tenaient
cela des mœurs républicaines, que, loin de la
laisser briller seule, elles rivalisaient de
beauté et d'agaceries. Dans les rangs de cette
aristocratie féminine emportée par le flot des
plaisirs, on citait des noms qui n'emprun-
taient pas seulement leur lustre à la beauté
et à la richesse, mais qui, signe du temps,
annonçaient qu'avec les frontières de France
il était des accommodements. Mesdames de
Châteauregnault, de Contades, de Nanteuil,
de Chauvelin, de Noailles, de Beaumont, de
Vassy, de Villette, de Listenay, de Fleurieu,
de Vigny, de Gervasio, de Croiseuil, de Mor-
laix, de Grandmaison, de Puysegur, et cent
autres, traversaient radieuses le salon de Barras, comme si, moins de deux années aupara-
vant, le lieu où il se tenait n'avait pas été pour
elles ou pour les leurs la plus cruelle prison.

XIV

Cependant les hauts fonctionnaires de l'E-
tat, peu rétribués, se souciant médiocrement
de prodiguer leurs émoluments à l'appétit de
la foule, les dépensaient en famille.

Nous n'en citerons qu'un, l'un de ceux qui
avaient le plus chèrement acheté les heures de
liberté que venaient de lui faire les derniers
événements. Celui-là pouvait payer les vio-
lons ; grâce à ses petites économies forcé-
ment réalisées, il pouvait festoyer convenable-
ment ceux auxquels, Dieu aidant, il eût coupé
le cou quelques semaines plus tôt : Monsieur
Sanson, exécuteur des hautes œuvres près
le tribunal révolutionnaire de Paris ! Et
rien de gai comme ces réunions presque in-

times, où de jolis et frais visages accueillaient les fidèles et où s'exécutait la meilleure musique. Pour preuve, nous nous contenterons de nommer le célèbre Laïs parmi les chanteurs les plus assidus du *salon* de Sanson.

D'autre part, de nombreux cercles opposés aux tendances du pouvoir s'ouvraient tous les jours aux ambitieux, aux traîtres, aux mécontents. D'Antonelle, ex-marquis, ex-juge de la reine et des Girondins, assemblait dans un fol espoir les restes méconnaissables du parti montagnard. Le duc de Fitz-James, Mme de Lameth, la duchesse d'Aiguillon, Mme de Viennai, donnaient asile à différentes nuances de l'opinion royaliste; Mme de Montesson, l'épouse morganatique du duc d'Orléans, père d'Egalité, rêvait une fusion impossible. Les notables de la politique qui devait être renversée au **18** fructidor se rencontraient dans les salons mixtes de Dumas de Saint-Fulcran et de son frère Mathieu Dumas, hommes nouveaux, d'un accueil facile et de relations agréables. C'étaient Moreau, Benezech, Boissy d'Anglas, Pétiet, ministre de la guerre, Siméon, Tronçon du Coudray, Lemérer, Portalis, Zac-Mathieu, tous six du conseil des Anciens; puis Cochon, ministre de la police, Pastoret, Vaublanc, des Cinq-Cents ; Kellermann, Menou, Baudeau.

Beaumarchais, commensal des deux frères, admirait sur parole toutes ces célébrités. « C'est, disait-il, un excellent extrait de la République française. »

XV

Le calme commençait à peine à s'établir
lorsque Mme de Stael vint reprendre à Paris
les traditions de sa mère. La position de son
mari, ministre de Suède et le premier représentant d'une couronne près des républicains
français, lui donna dès l'abord une influence
dont elle profita. Son salon, ouvert à tous,
représentait, à quelques nuances près, l'esprit du Cercle Constitutionnel de l'hôtel de
Salm. Mme de Stael ne brisait pas avec la
Révolution ; elle pactisait avec elle, non point,
bien entendu, pour la rendre à son cours vio-

lent, mais pour la régler, pour la modérer,—
sans abandonner la forme républicaine, que,
malgré tout, elle ne croyait point impossible
à naturaliser en France. Elle savait faire la
part de l'entraînement inévitable des premiers jours, s'expliquait les mauvais conseils
des passions, accusait des fautes commises
non les principes, mais les hommes, et de-
mandait des lois. Dans les salons de cette
époque, son rôle fut brillant. « Elle y repré-
senta, femme et femme de génie, dit un de
ses amis, les principes de dignité morale, de
liberté politique et de générosité, sans cesse
invoqués dans ses écrits. Elle leur donna
ces formes élevées de l'imagination et de la
passion qui, dans une société mal assise et
troublée, sont parfois nécessaires pour re-
commander même le bon sens et l'équité. »

La journée du 18 fructidor, qu'elle provo-
qua, eût pu assurer le pouvoir à son parti
sans l'opposition de Bonaparte. Celui-ci avait
au contraire jugé depuis longtemps la femme
de l'ambassadeur de Suède et savait tout ce
qu'il pouvait redouter de ses menées. Son
intelligence, sa supériorité d'esprit, sa conversation pleine d'éclat et d'imprévu, dont
Gœthe se plaignait plus tard, l'appelant « une

élocution foudroyante » et « un tête-à-tête guerroyant », ne rapprochèrent d'elle, par malheur, que des théoriciens sans courage et des esprits timorés.

XVI

Comme Mme de Stael, Mme Récamier, son amie, ouvrit son hôtel de la rue du Mont-Blanc à toutes les opinions et à toutes les classes de la société, avec cette différence que, n'entendant rien à la politique, elle ne cherchait qu'à rapprocher les partis. Des tribuns, des généraux, des ambassadeurs, des magistrats, des étrangers, des émigrés rentrés, des révolutionnaires, donnaient, sous l'égide conciliante de sa beauté, l'exemple d'une fraternelle union. C'était un immense pêle-mêle où se trouvaient confondus de Boufflers et Brillat-Savarin, Joseph Chénier et Mathieu de Montmorency, Sieyès et de Bouillé, le prince de Laval et Lucien Bonaparte, Rœderer et Ducis, Talleyrand et de Narbonne, Delaharpe et Ségur, *sans cérémonies*, l'auteur de tant de jolis refrains. Murat, Lannes et Marmont y paraissaient avec leurs

brillants costumes, tandis que Moreau, déjà
brouillé avec Bonaparte, ne portait qu'un
simple habit gris. Les réunions changeaient
chaque jour de caractère. Tantôt c'était un bal
ou les Trénitz, les Ville-d'Avray, les Dupaty,
les Dumaine, enfin tous les Vestris de salon,
faisaient admirer leur aplomb et leur légèreté ; tantôt c'était un concert où l'on entendait
les Steibelt, les Dusseck, les Rode, les Garat, les Dalvimare et les autres sommités
musicales ; tantôt, enfin, c'était une lecture
de quelque pièce de théâtre par un auteur
célèbre. Ces soirées littéraires offraient le
coup d'œil le plus curieux ; tout était contraste dans les conditions comme dans les
costumes. On vit Picard, qui, à cette époque, était encore acteur, assis un soir entre
Mme de Stael et le cardinal Caprara.

Mme Récamier faisait avec grâce et simplicité les honneurs de ces grandes fêtes. Citée
comme la plus belle des danseuses, elle semblait heureuse que d'autres brillassent à côté
d'elle. Son pas favori, celui du *schall* (ortho-
graphe du temps), fut bientôt à la mode ;
peu de femmes s'y montraient plus modes-
tes. C'est à propos de sa réserve que le chevalier de Boufflers fit ce bon mot : « Jamais,

dit-il, on n'a mieux dansé avec ses bras. »
Elle dédaignait les complications de la toilette. Une robe blanche, des fleurs (1), et des rubans bleus, furent la parure de ses plus beaux jours. Sur la tête, un seul ornement : ses cheveux châtains, quelquefois tressés ou tombant en boucles, d'autres fois relevés négligemment et retenus par un peigne. « Exclamez-vous tant qu'il vous plaira, Messieurs, répondait le chantre de la *Panhypocrisiade* aux détracteurs de la riche jeune femme, la millionnaire assez maligne pour s'attirer tant d'hommages en se coiffant d'un petit fichu de trente sous a plus d'esprit à elle seule que vous tous ensemble. »

A cette époque, Mme Récamier n'avait point encore ce renom d'esprit qu'elle acquit par la suite. Les femmes ne consentaient à louer sa beauté et à l'entendre louer qu'après une phrase restrictive sur sa manière de causer et sur son esprit.

Madame de Staël, seule, faisait exception.

Un jour, à table, un sot placé entre l'une et l'autre, cherchant un compliment qui lui

---

(1) Elle aimait beaucoup les fleurs. Les escaliers de sa maison semblaient un jardin.

attirât du même coup la sympathie de ses deux voisines, hasarda cette pointe amphigourique :

« Pour la première fois de ma vie, j'ai l'honneur de m'asseoir entre l'esprit et la beauté. »

Que signifiait ce prétendu bon mot, sinon que madame de Stael était laide et Mme Récamier bête ?

Celle-ci comprit, et haussa les épaules ; celle-là fit preuve de modestie par ce persiflage :

« Quant à moi, répliqua-t-elle, c'est la première fois que je m'entends appeler belle. » Donnant par ce joli trait son opinion sur l'esprit de Mme Récamier.

C'était surtout dans les cercles intimes, dans les petits comités, qu'elle savait être aimable et qu'elle animait la conversation ; malgré sa jeunesse, elle l'aimait sérieuse, instructive, et détestait les bavards importuns.

« Je ris encore de la ruse ingénieuse qu'elle employa un jour pour se débarrasser d'un fâcheux, dit Alissan de Chazet, dont nous avons interrogé utilement les intéressants mémoires. C'était un de ces hommes qui glacent tous les entretiens, qui n'ont d'autre

emploi de leur temps que de nous faire perdre le nôtre, un sot dans toute l'étendue du
terme ; nous aspirions à le voir partir lorsque Mme Récamier lui dit : « Mon cher monsieur, vous pourriez me rendre un grand service.— Lequel ? je suis à vos ordres. — Voici le fait... je ne connais pas assez ces messieurs pour leur dire que j'ai besoin d'être
seule... Prévenez-les de ma part et donnez-
leur l'exemple de la retraite en les engageant
à vous imiter. — Que vous êtes bonne, re-
prend notre homme ; je vous remercie mille
fois de la préférence que vous m'accordez. »
Et ce monsieur vint à nous et nous dit avec
fatuité : « Mme Récamier n'ose pas nous prier
de partir ; moi qui sais lire dans ses yeux,
j'y ai vu son désir ; je m'en vais et je vous
conseille d'en faire autant.» A peine fut-il
parti que nous rîmes aux éclats ; nous étions
délivrés d'un cauchemar, et notre entretien,
dégagé de ses lourdes entraves, fut plus inté-
ressant, plus vif et plus gai. Le sot éconduit
par lui-même disait le lendemain d'un air
triomphant à la maîtresse de la maison : « Je
vous ai bien comprise hier, hein ? j'espère
que vous avez été contente de moi ? »

Voilà dans quels tranquilles plaisirs s'oubliait la jeunesse de Mme Récamier, d'autant plus louable que nul ne l'avait conseillée. Mariée à l'âge de seize ans à un homme occupé en d'immenses affaires et qui ne pouvait la diriger, elle s'était elle-même frayé la voie et sa vertu fut regardée par tout le monde comme une chose très originale. « Plusieurs femmes de la même époque, a remarqué un grand écrivain, ont rempli l'Europe de leurs diverses célébrités ; la plupart ont payé le tribut à leur siècle, les unes par des amours sans délicatesse, les autres par de coupables condescendances envers les tyrannies successives. » Mme Récamier resta pure et se garda de tous excès, et, lorsqu'un caprice du sort lui enleva son opulence, les pauvres furent plus à plaindre qu'elle. Ses amis la suivirent dans ses nouvelles demeures, petits appartements substitués aux splendides hôtels. Après le château de Clichy-la-Garenne, la rue d'Anjou. Eh bien ! le château disparut, tandis que la petite maison demeure immortelle (1). A l'esprit de qui

____

(1) Mme Récamier se logea d'abord rue du Mail, dans la maison qui fut depuis le presbytère de Notre-Dame-des-Victoires. Elle demeura ensuite au

cette retraite solitaire ne rappelle-t-elle pas aujourd'hui l'auteur des *Mémoires d'outre-tombe* et le délicieux cortége de ses souvenirs. « A la maison de la rue d'Anjou, dit Chateaubriand, il y avait un jardin ; dans ce jardin, un berceau de tilleuls entre les feuilles desquels j'apercevais un rayon de lune, lorsque j'attendais Mme Récamier. Ne me semble-t-il pas que ce rayon est à moi, et, que, si j'allais sous les mêmes abris, je le retrouverais. »

Assez d'une fois sur cette aimable femme. Pour l'instant, d'autres illustres du Directoire, concertants pleins de zèle, qui se préparent à chanter la palinodie, appellent notre attention.

---

château de Clichy (1799), puis rue du Mont-Blanc dans sa plus grande prospérité. Plus tard elle habita successivement la rue Basse-du-Rempart, la rue d'Anjou et la rue de Sèvres.

XVII

Tous les frêlons de l'opposition venaient
butiner des railleries sur les lèvres caustiques
de Talleyrand. Renversement du pouvoir des
Cinq, anéantissement complet de la République, sur ces points ils s'accordaient ; mais
s'agissait-il d'une reconstruction, les bour-
donnements se changeaient en cris de rage,
le salon perdait sa gaîté. Les uns deman-
daient les Bourbons avec leur antique auto-
rité, les autres ne leur reconnaissaient plus
qu'un pouvoir restreint ; ceux-ci plaidaient
pour les d'Orléans, ceux-là pour une autocratie élue par le peuple ; l'autocratie devait
l'emporter : Talleyrand se donna à elle. Son
salon, sous le Directoire, représentait déjà le

Consulat, comme, sous le Consulat, on y fit l'essai de l'Empire; comme, sous l'Empire, on y joua les premières farces bourbonniennes; comme l'on y forgea, enfin, sous la Restauration, l'épée plus populaire des d'Orléans.

XVIII

On conspirait aussi dans les salons de
Sieyès et de Fouché. D'autre part, Joseph et
Lucien Bonaparte travaillaient les partis en
faveur de leur frère ; leurs réceptions, celles
du premier dans sa résidence de la rue du
Rocher, celles du second dans son bel hôtel
de la rue Verte, et plus tard au ministère de
l'Intérieur, étaient très-suivies. « Lucien Bonaparte, dit Kotzebue, est extrêmement hon-
nête, et intéresse non seulement par ses connaissances, quoiqu'il soit sans prétention,
mais aussi par le caractère d'un bon père de
famille. Il m'a paru simple dans ses habits et
dans ses manières. » C'était, pour voir sa
galerie de tableaux, une affluence continuelle

d'étrangers et d'amateurs des beaux-arts. Une sainte Famille de Raphaël, le célèbre *Marcus-Sextus* de Guérin, figuraient parmi les toiles les plus remarquées, chefs-d'œuvre dont le choix faisait honneur au goût de l'ancien président du Conseil des Cinq-Cents.

Rien de plus tranquille et de plus retiré que le salon de Napoléon Bonaparte, rue de la Victoire, aux jours qui précédèrent le **18** brumaire. Les conversations roulaient uniquement sur la littérature et la science; la politique semblait chose indifférente, et l'on vit le général écouter la lecture d'une tragédie..... et quelle tragédie! *Ophis* de Népomucène Lemercier déclamée par l'auteur.

Mais vint le Consulat, et, avec lui, les fêtes de la Malmaison et successivement celles de Saint-Cloud et des Tuileries, la pompe d'une cour qui s'improvise; et, dans l'intervalle, des assemblées d'une simplicité et d'un laisser-aller tout bourgeois.

Les jours de grandes réceptions étaient le mercredi et le vendredi. Un dîner d'un grand nombre de couverts réunissait de hauts personnages et la soirée se terminait par des présentations. On vantait généralement l'affabilité de Joséphine; le lourd fardeau du pouvoir, comme on a l'habitude de dire, ne l'incommodait pas beaucoup, tandis que le premier consul, simple et réservé, s'étudiait à porter dignement la pourpre impériale.

XIX

Quelques tables de jeu, où s'asseoit quelquefois le premier Consul, sont disposées dans un des salons; lorsqu'il joue — ses préférences sont pour le trictrac, les échecs, le reversi.

S'il cause, c'est avec les hommes, et principalement avec des généraux ou des savants, parmi lesquels se distinguent Lacépède, Chaptal, Monge, Laplace, Berthollet. Il plaît surtout par la vivacité de ses reparties. Les femmes parviennent-elles à l'attirer dans leur cercle, il les traite comme des enfants, leur parle toilette, leur débite des histoires tragiques ou des contes de revenants et prend plaisir à leurs terreurs.

Le dimanche ont lieu à la Malmaison des fêtes champêtres où l'on joue aux barres, à collin-maillard et à d'autres amusements de ce genre. Au jeu de barres, Bonaparte met habit bas et court comme à Brienne. La journée s'achève dans une salle de théâtre improvisée où la famille du général et ses amis lui donnent le spectacle de jolies pièces jouées sans cérémonie. Liste des comédiens ordinaires : Didelot, Isabey, Lauriston, Bourrienne, Louis et Jérôme Bonaparte, Junot, Eugène et Hortense Beauharnais, Madame Murat, Madame Junot, Madame Savary, Madame Ney, Madame Lavallette. Le répertoire n'est pas sans valeur : la *Gageure imprévue*, le *Dépit amoureux*, l'*Impromptu de campagne*, et quelques pièces de Regnard et de Marivaux.

XX

On ne doit pas oublier un constant élément de bonne humeur pour les intimes de ce salon et d'étranges agacements pour les nouveaux venus, les deux chiens de la future impératrice : « deux horribles carlins, dit madame d'Abrantès, les plus laids, les plus hargneux, les plus insociables que j'aie connus. Ces vilaines bêtes déchiraient bras, jambes et vêtements. » Carlin et Carline n'avaient qu'un favori, le cardinal Caprara, dont les bas pourpres les attiraient et qui ne les apaisait qu'à force de friandises. Ces petits animaux occasionnèrent quelquefois à la cour des accidents du dernier drôle, relatés dans les mémoires, et dont le récit nous entraînerait trop loin.

Ces jeux innocents, cette louable simplicité, cessèrent avec l'étiquette qu'amena le séjour aux Tuileries. Là, un des buts du premier consul fut de faire revivre dans toute sa majesté la grande existence royale. On vit paraître les domestiques à livrée verte et or ; puis les huissiers en habit noir et à chaîne d'or, en attendant les maîtres de cérémonies et les chambellans; puis les longues haies de soldats, tous, chefs, soldats, huissiers, valets de chambre, étonnés de ces rôles nouveaux pour eux, mais les remplissant fort dignement. « Je dois, avant de quitter les Tuileries, observe Kotzebue, dire à la louange de tous ceux qu'on y rencontre, officiers de la maison, domestiques et sentinelles, qu'ils sont de la plus grande politesse dans leurs réponses et dans les renseignements qu'ils vous donnent. Que je fusse en simple redingote ou en grande parure, je les ai trouvés toujours également honnêtes et complaisants.» Réponse péremptoire aux mécontents qui prétendaient que la Révolution avait à ce point métamorphosé les mœurs des Français que, dans le service des grands, l'obséquieuse politesse de la vieille domesticité avait fait place à la grossièreté des halles.

Il est vrai qu'aux Tuileries, Bonaparte avait lui-même tout réglé, tout ordonné. « Ce qui concernait l'étiquette, la vie de société, ce qui tenait à l'existence du monde et à l'influence qu'elle exerce, tout cela était pour le premier consul d'une importance que pourront difficilement croire ceux qui ne l'ont pas approché comme moi. » (*Madame d'Abrantès.*) Il échoua néanmoins lorsqu'il voulut remettre en vigueur les us et coutumes surannés de Versailles ; ses officiers et sa société ne s'y prêtèrent pas, et l'ancienne noblesse, qui en possédait les traditions, de dépit lui refusa son concours.

XXI

A cette époque, le besoin de se distinguer fit adopter par les personnes reçues dans l'intimité des consuls des innovations de costume choquantes. En même temps que Gaudin, ministre des finances, se montrait en bourse à cheveux et en dentelles, mode sans précédents, d'autres familiers aussi hardis portaient ceux-ci la cravate avec l'habit *habillé*, ceux-là un col avec un frac ; quelques-uns avaient les cheveux poudrés ; le plus grand nombre était sans poudre ; il n'y manquait que les perruques. Il y eut une vraie conspiration pour ramener la poudre. Les femmes la firent échouer. Elles craignaient également les grands paniers ; peu s'en fallut cependant que la mode ne triomphât sur ce point. Si cela fût arrivé, nous n'en aurions pas sans doute l'équivalent aujourd'hui ; les robes colantes, les fourreaux de mousseline et de gaze eussent été notre lot.

Les appartements des Tuileries étaient décorés avec goût, mais sans magnificence : on y voyait des bronzes précieux apportés de Versailles, un petit nombre de bons tableaux de diverses écoles, quelques marbres et mosaïques italiennes, des vases de Sèvres et quelques tapisseries des Gobelins.

XXII

Les salons de Cambacérès et de Lebrun s'ouvraient aux grandes réceptions les mardis et
samedis. On y arrivait par centaines, et, quoique la société y fût à peu près la même que
chez le premier consul, aucun étranger de
distinction ne quittait Paris sans s'y être fait
présenter par son ambassadeur. D'ailleurs,
nul faste dans l'ameublement ; une grande
simplicité dans l'accueil. Après l'annonce, le
consul, qui était ordinairement près de la
cheminée, s'avançait vers la personne qui en-
trait en proportion de son rang et de son mé-
rite, répondait au compliment qui lui était
adressé, après quoi l'arrivant prenait sa place
dans le cercle. Lebrun, affable et prévenant,

se conciliait d'abord la sympathie par son extérieur simple et ses manières engageantes. Les diplomates et les hommes politiques préféraient le salon de Cambacérès ; la littérature, la science, l'art, se trouvaient plus à l'aise auprès de Lebrun.

XXIII

Pour bien connaître les salons politiques,
il fallait encore fréquenter les ambassadeurs
étrangers et venir à leurs réceptions. On y
trouvait des hommes plus sérieux, des femmes plus réservées que dans les autres salons parisiens, et c'était pour tout le monde
un agréable contraste.

Chez le ministre anglais, M. Merry, se com-
passait assidûment la fleur de la fashion, à
laquelle se joignaient d'illustres compatrio-
tes : Spencer, Fox, Erskine, Samuel Ro-
milly, le général Fitz-Patrik, etc., etc.

Le chevalier Azara, ambassadeur d'Espa-
gne, chargé d'apporter aux armes victorieu-
ses de la ‹France les hommages de son

gouvernement, donnait des fêtes qui , pour splendides qu'elles étaient, semblaient de méchantes réunions auprès des médianoches du comte Markoff, boyard millionnaire, prodigue représentant de la Russie.

Le marquis de Gallo , pour les Deux-Siciles ; le marquis de Cobentzel, pour l'Autriche ; le cardinal Caprara , pour les États de l'Eglise, travaillaient aussi à se faire bien venir de la France pacifiée : bals, concerts, assemblées du matin et du soir, se succédaient sans relâche , et Paris irrassasiable dansait, dansait toujours.

Les spéculations philosophiques et les calculs profonds trouvaient à se satisfaire en de longues causeries chez le savant Liwingston, ambassadeur des États-Unis , qu'on reconnaissait, au milieu des fanfreluches du jour, à son modeste habit noir.

Voici l'hôtel du marquis de Luchesini, ministre de Prusse, pour les artistes, les poëtes ; retraite pleine d'agrément, mais fort à charge à la police , qui trouvait au marquis trop de finesse et trop d'esprit.

« C'est un homme qui a beaucoup de connaissances et qui est d'une complaisance sans bornés, atteste Kotzebue. Son goût est si pur et ses connaissances si variées, qu'il peut s'entrenir avec facilité tantôt avec un politique ou un philosophe, tantôt avec un artiste, et que dans toutes ces circonstances il paraît s'être attaché particulièrement au genre de celui à qui il parle, ce qui fait qu'on est forcé de reconnaître en sa personne un genre de bonté qui inspire la confiance à ceux qu'il veut bien admettre chez lui et qui les met à leur aise. Son aimable épouse sait encore augmenter tous les agréments qu'il réunit dans sa maison, et il n'est pas un étranger à Paris, parmi ceux qui ont l'avantage d'être reçus chez lui, qui n'en remporte un souvenir cher et durable. »

Le marquis de Luchesini a fourni — sans s'en douter toutefois — à Frédéric II l'occasion de faire un joli mot. Un jour, comme le roi était embarrassé sur le choix d'un ministre pour une cour étrangère, le major Pinto lui dit : Que ne prenez-vous M. de Luchesini, qui est un homme d'esprit. — C'est pour cela, reprit Frédéric, que je veux le garder auprès de moi ; je vous enverrai plutôt que lui, ou un ennuyeux comme Monsieur un tel.

Nous allions clore cette galerie sans mentionner un salon du même genre, l'engouement de Paris en 1797, celui d'Esseid-Effendi, ambassadeur turc. Il semble que les Françaises n'eussent vu jusque-là de mamamouchis que dans les divertissements du *Bourgeois-Gentilhomme*. L'empressement singulier avec lequel elles se précipitèrent aux fêtes de ce fils de Mahomet le ferait croire.

Par une de ces gracieusetés familières aux Parisiennes, elles s'étaient donné le mot et furent présentées à l'heureux Esseid-Effendi en costume de Géorgiennes.

L'ambassadeur se crut transporté au sérail du Grand-Seigneur.

— Oh ! dit-il, ces dames sont encore plus Géorgiennes par la figure que par l'habit !

Le Caucase en vit-il jamais d'aussi belles ! Mesdames Récamier, de Rémusat, de Valence, Delaruc-Beaumarchais, Arnaud, Delort, Molinos, Maliseska, Ducos-Fonfrède, de Vieursan, de Pulli-d'Ormesson, Lepage, de St-Hilaire, de Morville, Lebreton, etc., etc.; mesdemoiselles de Nicolaï, Martel, Chevalier, Perregaux, de Ferrières, etc., etc. « Nous n'avons désigné ces dames, dit le journaliste Berlin d'Antilly, après avoir énuméré ces noms et beaucoup d'autres, ni par les traits, ni par le caractère de la beauté, ni par l'élé-

gance de la taille, ni par la nuance de la che-
velure ; mais nous garantissons qu'il n'y en a
pas une qui ne soit belle et jolie et que la
nature n'ait enrichie de ses dons. M. l'ambassadeur turc, ajoute-t-il, a fait distribuer
des pastilles odorantes du sérail, des essen-
ces de rose, des sachets bénis par le muphti,
et leur a dit dans notre langue : *Jolies, aimables, charmantes* ; quand il en saura davantage, il ajoutera *adorables*, et certes, parmi
les femmes que nous venons de citer, il n'en
est pas une qui n'eût vu tomber à ses pieds
le grand prophète lui-même. »

Malgré les compliments, les parfums, les
sachets bénis, ces dames se retirèrent tout à
fait désappointées, et ne cachèrent pas leur
mécontentement. Le lendemain, ce quatrain
amusait Paris :

> Chez l'ambassadeur de la Porte
> Que gagnâtes-vous hier au soir ?
> — J'ai gagné l'honneur de le voir,
> Et puis chacun gagna la porte.

—

FIN

IMPRIMÉ POUR LA
PREMIÈRE FOIS
PAR CHARLES JOUAUST
POUR A. CLAUDIN
ET E. MEUGNOT

—

MARS M D CCC LXI

—

COELVM NON
ANIMVM MVTANT
A

www.ingramcontent.com/pod-product-compliance
Ingram Content Group UK Ltd.
Pitfield, Milton Keynes, MK11 3LW, UK
UKHW020909120726
13693UKWH00003B/969